三行集

张新颖——著

上海文艺出版社

目 录

I 题记

001 第一辑 小毛茛变成了蛇莓
021 第二辑 鸟从鸟鸣里飞了出去
041 第三辑 风吹到旷野和字的笔画之间
063 第四辑 时间岸边丢弃的火镰
081 第五辑 暗自增添深邃的可能
101 第六辑 一种寂静拍肩 另一种寂静扑面
123 第七辑 立在现实的裂隙中 莫名
145 第八辑 风在少年上面 星群在风的上面
165 第九辑 行囊里有一小块沉默

185 附录 领受的诗学
          —— 谈张新颖的诗 / 王子瓜

题 记

朋友送我一个小本子，还没有巴掌大。印刷厂裁下来的纸边，朋友说，扔了多可惜，不如做成小本子。我从学写字时就惜纸，因而对惜纸心情下产生的小本子，倍感亲切；可是，做什么用呢？

页只能写三四行字，不如，就以三行为限，写些自由的句子，如何？既限制，又自由，在这之间，试验一下。

这一试，没想到就试了下来，从四月份小毛茛变成蛇莓，到七月底热风吹落黑色的种子，写满一小本，一百首。这一百首被另一位朋友拿去编到一套小诗丛里（后来没有出版），我给取个简单的名字，《三行集》。

这个过程中，写一篇短文，顺手引进其中的一

I

首三行:"风吹到句子之间 / 风吹词语 / 风吹到旷野和字的笔画之间"。这其实是我写这个小本子所企望、也多少触碰和体验到的状态。既写小说又写诗的林白,眼尖,从报纸上的短文里看到这几句,就写到了她的诗里:

> 风吹到句子之间
>
> 越吹越近
>
> 同时越吹越辽远
>
> 风吹词语
>
> 然后我去买黄瓜
>
> 还有洗衣粉
>
> 这时候星星奔赴海洋
>
> 风吹到旷野和字的笔画之间

我惊奇三行的句子也能成风,以息相吹。

时间相续,从八月到年底,转过年来到三月,又成五十首。

　　满一年了，三行的句子随四季轮换一周，于复始之际显现完整之形。这不是事先的计划，随自然流转比计划更能获得运行生息的节奏、韵律和赋形的力量。就此止住。

二〇一七年三月底

第一辑

小毛茛变成了蛇莓

一

四月的一丛 小毛茛

从河边来到阳台上

变成了蛇莓

二

溪水边的小野路

想退回到开花长草的息壤

一年蓬和鸢尾也想返回旧地

时间和风打了个照面

我们去河边盛水

波斯婆婆纳举起羞怯的淡蓝小花

四

有一个词想念方言的发音

等待能再念它一次

没有人告诉它　生它的母体已经失踪

五

词语们归顺于句法严谨的组织

每一个都站得笔直

每一个内部都自动弯曲

六

雨打湿了痉挛扭曲的呓语
滋润它舒展为平静的道路
通向等在梦外的季节更递

我们要缀上什么样的枝头

以便脱落时节

像花瓣一样轻盈

八

因为各种原因而早起的人

零散在版图之外的尖突海角

如音信相隔的雨滴

我和我之间

隔着一生也走不完的距离

于是　我安于停在半途

十

木锨和麦粒都安静了

月光洗轻了跳跃的风

十二岁藏在麦秸垛的熟香里

十一

砸在少年脸上的不是雨

是风卷起道路上细密的沙粒

每一步都疼痛又即刻被冲刷

十二

十五岁夹在书页里的星光

五十岁学习打开的方法

学习像旷野那样展开它

盛满时间的器皿

在星星中间漂移

天河的水声密了

十四

不要在遗址上重建当年的繁盛

水转谷的废墟草绿苔青

生意年年相续

十五

时常被打断的孤独

和人与人之间的我

互相致歉

十六

回到悲哀的结尾部分

回到春天的风尖上

回到小毛茛黑色的种子纷纷摇落的一刻

第二辑

鸟从鸟鸣里飞了出去

十七

风停留在

枝条春天的影子中间

鸟鸣停在风的影子中间

十八

景色迷离

你的眼不杀底

鸟从鸟鸣里飞了出去

十九

进化到一半的智慧生物

把愚蠢藏在核心疯长

内部爆破后重回洪荒

二十

做戏的虚无党围观

发明这个词的那位老先生

很可怜他不懂无耻生活的奥秘

这幅油画像他生前见过

他见过别人眼中自己的拘谨和不安

他见过自己瘦弱的诚恳和勤勉

二十二

他这样失声哭泣

柳叶这样嫩绿

季节这样轮换有序

二十三

你们相遇在牙科诊室

彼此不需要掩饰

有一部分的岁月烂掉了

二十四

谁在喧嚣中陪伴过我
谁和我在大街上唱歌
谁在沉默的年份沉默

二十五

我未曾想象天堂是图书馆的模样

我爱博尔赫斯　爱书

我未曾想象天堂

二十六

五月的石马如一百年前一样沉静

苦楝树开满去年此时开过的紫色花

患时间过敏症的人类从未找到治愈方法

二十七

古罗马人把闪电埋入地下

现代的研究者对着废墟入迷

不知道会挖掘出什么

二十八

与风合影

与低低的声音握手

与长过半生的记忆一起安静下来

对着一块石头

我说话　还是用手抚摸它

我选择它愿意的

三十

河对岸的一棵树

河此岸的一棵树

飞鸟瞬间来回它们相望终生的距离

雨同时落进了河流和酒杯

雨中也有鸟鸣

雨预告了更大的雨

三十二

小苜蓿小如谷粒的黄色花

与灾难已然降临的庞大时代

平衡

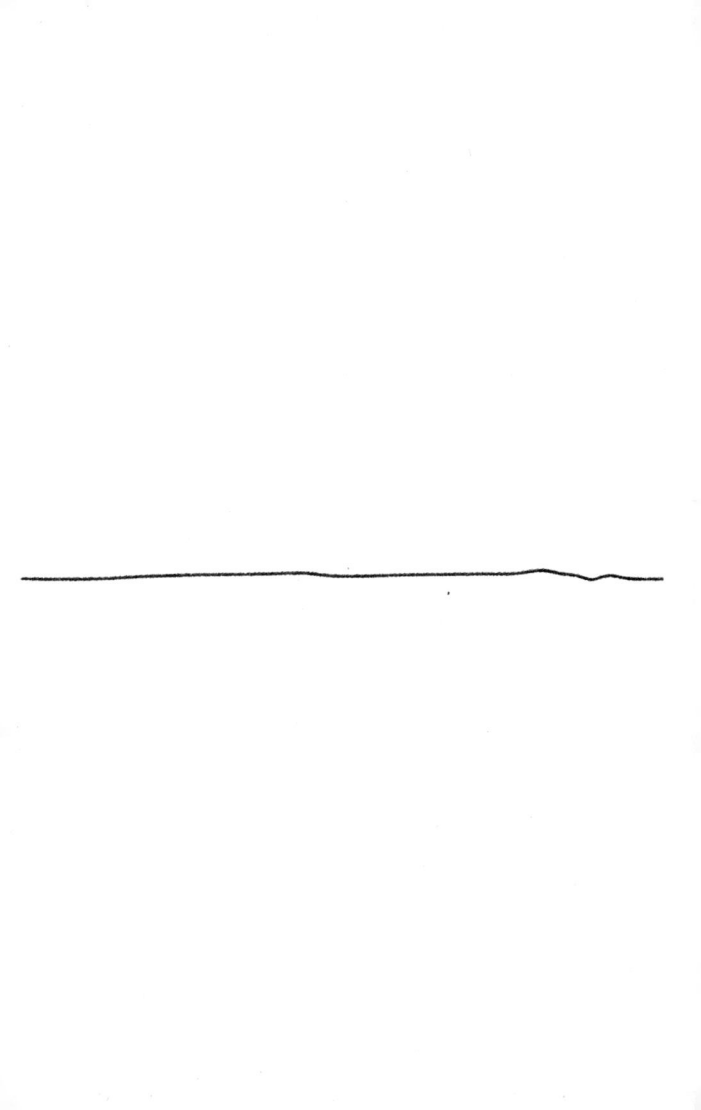

第三辑

风吹到旷野和字的笔画之间

紫露草　开紫花　三瓣花

二月蓝　开蓝花　四瓣花

红花酢浆草　开红花　五瓣花

风吹到句子之间

风吹词语

风吹到旷野和字的笔画之间

这个初生的词新奇地打量世界

惊讶了一个世纪

之后慢慢平静

这个词老了

千褶百皱的身体藏着十五个世纪的秘密

你所知无几 说认识这个词

午夜旅馆门口独坐

在时差的余裕里安静地抽烟

烟头幽微火星　亲温如旧地

三十八

柳枝上的词语

何曾流泪

废墟上开花不过是正常的事

自然的力生出柳枝的嫩绿

自然的力褪去嫩绿的嫩

自然的力又收回了绿

四十

嫁接在梦上的枝条

再长三公分

就能伸出窗外　托住鸟的纤足

四十一

思想拜物教的会众

以对生活的蔑视和厌恶

来维持他的思想姿势

四十二

这个物种已经过了但丁所说的穹顶

此后所有的世纪和所有的瞬间

都是坠落

退化并非沿着进化的原路折返

邪僻下道　衍生出未知的新物种

怪异地欢叫

四十四

这时候小丑出场了　一群

比平常得意因而比平常更丑

他们甚至忘记打开最高级别的美颜功能

具体的恶比抽象的恶更恶

恶与恶相互鼓励交叉刺激

总是他们在庆祝胜利

四十六

瞬间发生了太多事情

所以此后任何事情都不会发生

虚幻耗尽了能量　没有剩余给实际的可能

黑暗里

一张清秀的脸

六十岁的脸

远行人走得足够远

以放养被乡愁框住的归心

带它到框子的外面

有轨电车给舒缓的城市以节奏

摇晃进陌生旅人的身体

此后生活归来了　以及平和的秩序

五十

荒野中有废弃的工厂

忽然窜出一条狼狗

拦住我们去波罗的海的路

第四辑

时间岸边丢弃的火镰

五十一

湖阔如海　蓝得开朗无边以平衡海的沉郁
火棘比故乡遗弃的山楂树雅致而此时果实如烈焰
我坐在这里的秋天和小时候的秋天之间

五十二

我们的大船在上升

倘若没有这一句　如何记忆这次旅程

如何为黑暗中的事物赋形

谁的人生不是只有一次的草稿

你哪里有誊清的机会

只是电脑上写的玩意儿　能叫草稿不

五十四

祖父用火镰迸出细碎的星子
柴草燃烧的灰烬连痕迹也没有了
时间岸边丢弃的火镰偶尔闪击记忆

五十五

屋檐下一排洗脸盆盛着薄冰

我们跑完早操　满身微热的尘土

手和脸的温度稍稍融化出一些昨夜的水

五十六

六月过了一年又回来了

并没有捎带新的消息

这个月份只是又陈旧了一层

阴霾 到此为止

以抽烟反抗的方式到此为止

吃苹果和生活　是不错的选择

钓鱼人

老人　中年人　年轻人　孩子

没有一个女人

正想不明白钓鱼人的事情

忽传来海外一条鱼的异闻

十三年被钓上六十三次　终死于毒饵

六十

后半夜之心如此清旷

如此时的鸟鸣

原以为所有的鸟都像人一样睡着了

把一条熟路走成生路

把懈怠已久的器官再次启动

把警觉扩充出来的空间计入新的时间

普通词语

抵抗上升的邀请

否则就要失去体重到不是词语的程度

六十三

夏夜里的水泥乒乓球台坐着父亲和校长

有一搭无一搭商量上学的事情

七岁到十二岁之间月色如洗　微凉如夜细碎的风

山岗上的学校叫英里

十五岁离开之后才慢慢对这个名字好奇

然后　就是时间拖动出越来越远的距离

月光下的月见草

水流中的水葫芦

野地里的野萝卜花

第五辑

暗自增添深邃的可能

你见过的玫瑰大都是月季

小部分是蔷薇

别沮丧　它们都比玫瑰好看

六十七

玫瑰的名字比玫瑰好

梅雨的名字比梅雨好

名字活跃地聚会 构成你可疑的知识

忘忧草比忘忧草的名字好
人类可以自我理解他们的投射
它兀自开它的花落它的花

六十九

萱草的花开得热烈　脱落得干净

茎上突兀的伤面　像是外力硬生生横折

其实是它自己的决断

七十

他的个性就是他的框子

框住了整个人生

这正是他追求的　以便可以挂到墙上

七十一

她深谙配个框子就变成艺术品的道理

她只是不想把生活割下来一块标价

但她是个出售框子的人

铜钱草生长的污泥过于粘滞

花盆里松软的营养土其实不是土

郑所南画兰　有根无地

七十三

语言拥堵在学术高架路上
都习惯了　假装在往前挪动
并且真的学会了一边排放一边嗅闻尾气

老早的年岁见过璀璨的星群视作日常
此后所有的夜空　都会被它们的前身
暗自增添深邃的可能

七十五

坐在菜豆树边抽烟

眼见它迎风生长

枝叶蔓延过头顶蔓延过忧伤　遮住时间

七十六

我看见一个年轻人把自己切成一块一块

填进一个一个小框子　填满一份表格

以后他将熟练将不再流血将把人生直接长成表格

七十七

她说　我对你的理解会使你害怕

为了让你安心　我假装不太了解你

他真害怕了

杨梅深酒红　下树了

两色金鸡菊金黄环绕着酒红　正摇曳照眼

你没注意脚下小绶草　盘旋着结紫红花串

七十九

绶草的花螺旋上升式开放

有的左旋　有的右旋

幸运的是没有以此分类

八十

生活不是我们记住的日子

而是忘记的日子　是我们遗忘到

身体　语气　目光里　无从叙说的日子

八十一

重要的不是重要的时刻

而是托起重要的　无名的时间

浩瀚的海面

第六辑

一种寂静拍肩　另一种寂静扑面

八十二

坂井从上海普希金像脚下带回的种子
在东京的阳台上长出叶子来了
一朵深渊色　还得等着瞧

梦里讨论抽象的问题　伴随着

宽广的水缓慢而深厚地涌动

最后问题消失了　只有宽广的水涌动

想在黑石街的落雪结束以前

回到另一片大陆故乡的山雪中间

一种寂静拍肩　另一种寂静扑面

要有积雪　要有积雪的融化

要有暖阳化雪　因化雪而空气清冷

要在这样的地方形成骨头的季节反应

车把式的长鞭掠过马的左耳朵　或

右耳朵指挥方向　鞭梢空中打出一朵花

散落时划破了马车上小孩的左耳垂

睿明的人如何对待一只蠕动的青虫

它不知从何而来　半天就吃掉

一盆铜钱草自生的风姿

我把这里叫沙地　为了写下的字将由水冲走
住了四年的高大玻璃房子　果真不翼而飞
而沙上的笔画留存　风化成字的雕塑群

木头烟灰缸

陪着两色金鸡菊

静穆如它是树的时代

九十

发生过的事情继续成长

在狂野的记忆土壤上枝叶自由不羁

现实里有棵树是它孪生的弟弟

树被拔起

把腐烂的根　显现给

常栖止于枝头的绿鸟

九十二

手伸向虚空

捕风　伟大的和渺小的捕风

风围住了我的两只手

耐心地哭泣

勇敢地忧伤

异乡　异梦　低矮的天空

天空中的黑鱼

黑梦里苍白的鱼

清冷水流间逆向的瘦鱼

我坐在小花园里　西南角以前有你的房间
而今有你的塑像
俯卧草地晒太阳的女生或许起身到灯塔去

塑像基座钉着金属铭牌

我用手机拍下它　意外

拍照的影像重叠着你的名字你的话

晒在门口的书

迎着太阳雨醒来

鲜艳地舞蹈

海鸥叫了一整夜而废弃的古堡沉默
意识的地图突破边界伸出一块海角
辽阔呈现于清寂之地完整如世界初始

野地的叙事遵循秩序又充满奇迹

每个段落都另有一簇簇新的花枝斜出

词语跟不上时节变幻的魔法　无妨悄悄练习

不是盛夏的果实

是七月的热风刚吹落的种子

沉默的土壤安于日常的事

第七辑

立在现实的裂隙中　莫名

一个词从句法结构里溜出来

本来只想到酒吧喝杯啤酒　坐一小会儿

没管住脚　拐上了流浪一世的岔路

八月寂静充盈的窗口

恍然日日映照的这条流水

变得深绿了　从容了

河水平缓涌动

从跳跃的波纹看什么是

不停息地生成

一〇四

风不在意有没有人和它说话

流水也不在意

风和流水说话

透过长窗看太阳透在露台上的光影

觉得为实有　为什么同样美好的事物

会认为是虚无

睡眠本身渴望天亮

为了正大光明抽一支烟

梦并不能解决实际的瘾

大群海鸥叫了一整夜

废弃的城堡听了九百年

外乡人把粗粝的声音携带了三万里

两个梦相撞　抱头饮泣

一棵树默然生长

而秋天　终将燃尽于烟头上

你用一棵树见证一场持久的灾难

并用这棵树的沉默不语安慰一个人

而树　用所有环绕的好和不好　滋养心力

它还没有形成语言之前

你就把它喊了出来

立在现实的裂隙中　莫名

中秋的亮照醒了睡眠　你举起手心

只有月光才透显清晰明确的密码

确认此后的行程

蓝花丹穿过房间去看

后窗一溪云　水畔栾树的黄花

穿过九月去变成　参差的红果

你不能把抽烟描述成田野烧荒

而雏菊衬托秋日上午的阳光恰如其分

十月　无所用心

瞬间出现的阳光突然捉住了
跳跃行进的一小队乐音　彻底照亮
通透的它们惊讶地站在桌面上

生活教会了你生活的方法

观念扭曲了它

你的生命无辜　而你却说不上

雨声和琴声互相回忆　如梦和醒

梦里折断了真实的指甲

醒后忘了追究怎么回事

在困难里微笑

就是生命深处的经验

它呈现于表面　好让你看轻为肤浅

友谊的诗学　隐入各自道路的分岔
与呼应　野老苍颜堪回首
后来的人触手试余温　拨灰见火星

第八辑

风在少年上面　星群在风的上面

如何才能够不辜负

这一小片野地　宽阔的奇迹

每一次喊出一种新开小花的名字

密雨连接河流

水和水垂直相交

人的眼光斜插而来　只是虚线

遗忘是最好的保全形式　免得记忆来
打扰和攫取　你看那个人
用现在把自己的过去抢劫成一个空洞

黑暗的河流

比爱更深邃　沉默　宽广

而我们最高的祈求　低于爱

十一月的手因充血而渴望鼓掌

喉咙亢奋就要自动欢呼

被霾呛了一下　卡住了

咽不下这一口霾　就吞一大口水顺一顺

家里不是订了纯净水吗

每月有尽职的人查表　敲门　收费

冬至日　念一段文章结束这个学期的课程
有人在劳改农场　与《哈姆雷特》和杜甫的诗
与老师沈从文的作品　相依为命

换了一间办公室　比原来小因而我喜欢小
阳光依然纯净仿佛不是穿过污秽和喋喋不休而来
因而我喜欢它渐次展开的上午和剩下的十二月

起床的句子　混在浮冰中间顺流而下
它路过我而我没有醒来　我醒着　从初雪到封河
睡了　从冰裂到夹岸花开

年来新生面

春回上出心

一月 送给半途看了一会儿枯草的人

一二九

最好的　一年里无所事事的几天

一天里无所用心的时间

自弃了几代的词语　倏然掠过紫色堇的傍晚

少年在屋顶上

风在少年上面　他伸手去够风

星群在风的上面　温暖的黑暗在下面

父亲说　小公园挺清气

母亲说　去年中秋那些照片拍得清气

生活搓揉了快一个世纪的树皮脸　还有清气

一三二

丛密的麦冬以常绿的叶条　藏紧

头年的果子　二月初春寒与春温的间隙

滚落路边　一串宝蓝色　我不知所措

熄灯前数一数满缸的烟蒂

帮敌人清点又一天的战利品

睡眠会停战　会聚拢溃散的意志

春打六九头

打春的雪

兔子撵不上

第九辑

行囊里有一小块沉默

枝条随性涂画天空趁叶片就要长出来之前

繁复纠缠的间隙撑开背景疏旷辽远

水杉树下老鸦瓣零零星星冒头了

小雏菊　蓝花韭　角堇　天竺葵

不知道初生就碰上了冬天　这也挺好不是吗

不管不顾地长成似乎错季的茂盛叶子等待

他蹲在伤口边沿抽烟（像个过去的农民）

烟灰弹进深渊　他活动麻木的腿

做飞离的姿势　那一刻他幻想戴上鸟的面具

语言的纠纷代代相继 被征用的字和词

从内部伤残 他们无法是他们自己

他们抽空喘息 在被驱赶进下一场战争之前

梦见自己作曲　是泥瓦匠砌墙

用石头和砖头　还有一个粗陶罐空酒瓶

已经垒成一小段　还能再高还能再长

一四〇

整个三月都在想念去年四月的小毛茛

黑色种子落地　燕子衔走了那块湿泥

春分的夜　燕窝边隐约金色小星

三月将尽　头年叶子还没有落光

它们无意去想　时序在催促消逝

还是帮助完成

与语言交谈　不是用语言交谈

就像与风交谈　与光交谈

与黑暗和沉默交谈

一年无边的风和光

有限的词语

缩微的洪荒

没有路人的路灯有樱花路

有弯月缓升的路

有焚烧的纸钱化为烟灰归去的路

暗藏的河流行经宽阔的季节

飞鸟投下的影子沉入地面之下

去年的小毛茛又回来了

与文章的交流是表面的

深一层是句子

逐渐老去的人　与词和字相伴

一四七

从未有一篇文章或一本书的生命

长过其中用到的单个的字和词

即便虚词　也蓄满了亘古以来的风

骑摩拜单车的中年人

背影吱吱嘎嘎拖长到老年

迎面的风浩荡　吹回轻盈的少年

仙人掌盆里的土藏着一棵杂草的种子

它长出来　过了整个春天　竟然就要开纤细的花

是繁缕啊　然后无名的手无心除掉了它

一五〇

季节以苍茫和丰盈藏起它细心连缀的小环扣
一年周而复始 圆满 并留下恢弘的开口
唱歌人傍着宽阔的长河走路 行囊里有一小块沉默

二〇一六年四月至二〇一七年三月

附录

领受的诗学 —— 谈张新颖的诗

王子瓜

一

有一回课上,我们讨论布罗茨基评介阿赫玛托娃的文章《哀泣的缪斯》,我那时抱怨布罗茨基未免太夸张,连诗人的名字都要拿来做一番文章。"阿赫玛托娃"是安娜·戈连科为自己取的笔名,布罗茨基是这么写的:

> 安娜·阿赫玛托娃的五个开音"a",依然产生一种催眠效应,并使这个姓名的主人牢固地占据俄罗斯诗歌字母的首位。可以说,这是她第一行成功的诗;以其听觉上的不可避免性而易于记诵……

这段话里其实含有两个大问题，首先是何为语言，然后是何为诗歌。布罗茨基的说法动摇了许多根深蒂固的观点，在他看来，作为一个词，"阿赫玛托娃"这一能指并不像"树"、"手"等能指那样，紧跟着一个性质不同、用以交流的所指，在这里能指本身就成为了所指。换而言之，字与词除了通常所说的"意义"之外，其声音等物理形式本身便别有意义；而作为诗歌，"阿赫玛托娃"这串文字也并不像一般的诗歌那样要依靠丰饶的所指才能成立，其意义纯然是声音的，一方面是"五个a"造就的音乐性，一方面是这串名字在声音上同"阿赫马特·汗"的相似性，"对俄罗斯人的耳朵来说，'阿赫玛托娃'有明显的东方味道，确切地说，鞑靼味道"。[1] 文集《小于一》中还有多处这样的段落，它们共同显示出布罗茨基对词语敏感的听觉，只不过在当时的我看来，名字作为与意义无关的声音符

---

[1] 布罗茨基：《哀泣的缪斯》，《小于一》，黄灿然译，杭州：浙江文艺出版社，2014年，第27页、第26页。

号,是布罗茨基式听觉分析的一种极端,它同"诗"相去甚远。

张新颖老师当时具体如何回应这个问题,我已记不确凿了,但我记得张老师举了一个很有意思的例子,它暗合着布罗茨基在语言和诗歌这两个层面的看法。"甚至一个字(对应着俄语的一个单词)也可以成为一首诗",张老师说。关键在于如何理解"字"与"诗",他讲的大意是,一个字的生命和经历比一个人要长久得多,同一个字在《诗经》这样的典籍里出现过,也在当代的文学和生活中反复出现,一个字所包含的意义辽阔得难以想象。小小的字可以囊括浩瀚的时空,这本身是极富有诗意的。

布罗茨基的单词和张新颖所说的"一个字",概括起来指的都是脱离语义场的文字,孤立的文字,非零件的文字。经历了一百年的发展,从"白话"、"西化"、"汉语性"、"现代性"、"语言本体"、"口语化"等语言整体层面的理论话语,到"音乐性"、"格律"、"绘画性"、"语法"、"修辞"等句段层面的争论,再到"构词法"、"搭配"等词语层面的螺壳道场,汉语新诗业已经形成一套复杂成熟、层次多元的语言观;然而在词语层面底下,"字"作为诗歌语言更为基础的层面,并未得到多少关注。张新颖对字显然抱有浓厚的兴趣,除了篇幅较长、展示字之"字性"与"人性"的组诗《字》之外,还有一首三行诗直接描出了字的航线:

风吹到句子之间

风吹词语

风吹到旷野和字的笔画之间

(《三行集》之三十四)

这首诗大概也正是诗集名字《在词语中间》(北京:作家出版社,二〇一七年)的出处。诗中,风正如诗人的视线,越过句子和词语抵达了字,勾连起旷野/现实与"字的笔画"。后来我在阅读这本诗集的时候,从不少诗中读到了张老师对那节课上

"字与诗"问题的回应(尽管这些诗的完成时间显然早于那节讨论课,但这么看也许更有趣:回应未必总是要晚于问题的提出)。《三行集》中另有一首诗同课上所讲遥相辉映:

  这个词老了
  千褶百皱的身体藏着十五个世纪的秘密
  你所知无几　说认识这个词
  (《三行集》之三十六)

  反过来,相形之下,由字和词组成的文学作品本身的容量就显得极为有限。文字与文学作品的关系被颠倒了,文学作品不再是文字的目的、主人,相反它正是为了成就文字而存在:

  从未有一篇文章或一本书的生命
  长过其中用到的单个的字和词
  即便虚词　也蓄满了亘古以来的风

(《三行集》之一四七)

上世纪九十年代末,画家石虎的短文《论字思维》曾引起过一场有关汉语新诗之"字"的大讨论,但这场讨论的主要问题与观点基本从属于较为宏观的"民族性"、"汉语性"、"语言与思维"等问题之下[1],其影响似乎并未超出理论领域,在此后至今的写作实践活动中更是反响寥寥。另一方面,存在着一路着眼于字形的诗,如朱赢椿在诗集《设计诗》中对文字视觉性的自由开掘,可这一路线也面临着难度的责难。放在这样的背景下来看,张新颖有关字的诗歌既从"字—文关系"上超脱于理论家们的空中楼阁,又以时空容量开阔了那类执着于字形字义的诗歌的格局,这实在称得上是别开生面。在此我们不妨畅想一下,这一诗歌路径为我们带来了这样的希望:或许汉语新诗可以试试法国学者巴什拉

---

[1] 参阅高秀芹:《"字思维"与中国现代诗学研讨会综述》,《诗探索》,1997年第1期。

《水与梦》的写作方法；不然，就是像杜诗那样"无一字无来处"，完成字之诗与诗之诗的辩证。

二

字与词对诗歌的革命，除了让我们重新审视了二者的涵义和关系以外，还注定了张新颖诗歌独特的性质。当字与词凝聚的时空代替了句子与句子编造的意义网络而成为诗的着力点，一般意义上的创造性就不再是诗歌的第一要义——"创造"必须让位于"倾听"。

倾听，就是认识和理解。某种程度上讲，诗既然是字与词，它便也就是已然存在之物，诗人的使命就是分辨其轮廓、质感、个性和历史。倾听是一个充满了海德格尔意味的词，海德格尔学说中倾听正是抵达存在的方式。倾听也是诗的前提，海德格尔将诗视为存在的解蔽，"诗人说出本质性的词语，存在者才通过这种命名而被指说为它所是的东西……物借此才得以闪亮"[1]，而"说本就是一种听。说乃是顺从我们所说的语言的听。所以，说并非同时是一种听，而是首先是一种听"[2]，这一看法恰好完美地阐明了张新颖诗歌的发生学。不同之处仅在于，在海德格尔那里，语言并非存在而是"存在之家"，而张新颖却看到了语言实在性的一面。语言有其自身的心灵和境况，因而会被诗人的心灵所感应，字与词、物、我，在张新颖的诗中平等地共在：

最好的　一年里无所事事的几天
一天里无所用心的时间
自弃了几代的词语　倏然掠过紫色堇的傍晚
（《三行集》之一二九）

与语言交谈　不是用语言交谈

---

1 海德格尔：《荷尔德林诗的阐释》，孙周兴译，北京：商务印书馆，2000年，第44-45页。
2 海德格尔：《走向语言之途》，孙周兴译，《海德格尔选集（下）》，孙周兴选编，上海：上海三联书店，1996年版，第1134页。

> 就像与风交谈　与光交谈
>
> 与黑暗和沉默交谈
>
> (《三行集》之一四二)

> 在普通的词语中
>
> 平凡地呼吸
>
> (《诗的平庸理想》)

可以看到,对于这样一位整日同其打交道的学者、读者、写者而言,语言俨然成为了触手可及的友人,字与词已是休戚与共的实在之物。诗人不是统治字与词——或者按照张新颖自己的说法——"使用"字与词,而是相互交流、彼此澄明,在倾听语言之存在的过程中,自我之此在才逐渐涌现出来。这种倾听所要求的虚静的主体状态,对应了《诗的平庸理想》一诗里于"平凡地呼吸"中默默地体会,"降低它们震荡生活的幅度"、"风暴,减弱成微风",最终从泥土那里听到万物既是"活的"却又"没有什么改变"——到此诗已充满了智性。

另有一首《触灯》可令我们更好地明白语言、字词对于诗人主体而言究竟意味着什么。这首诗涉及到方言的问题。方言的存在,作为一种极其重要的语言现象,使得"母语"的概念变得含混复杂。什么是诗人的母语?像张枣在《诗人与母语》中所说的那样,"活着的母语从来就不是一个依附于某个地理环境的标志,而是附体于每个人的"[1],个体的言语、方言、字典中的标准语言,只要人还在生活,三者之间的交互就永无休止。最好的情况,像但丁对意大利语、莎士比亚对近代英语、阿米亥对现代希伯来语(以及我相信我们将看到沃尔科特对当代英语)所做的那样,诗人以其一己之力几乎重塑了母语,在作品完成的时刻三者得到了瞬间的统一,语言如同赤金熠熠生辉。而在这样的关系中,方言之所以特殊,是因为它是一个群体的神经突触,囊括着一个群体的意识和经验领域,尤其是当方言操

---

1 张枣:《诗人与母语》,《张枣随笔集》,上海:东方出版中心,2018年,第46页。

持者置身于标准语言环境之中,方言就更成为其故我的印证。方言是比标准母语更加"母语"的语言,方言的消失意味着母语之为"母"的那一维度的消失。《三行集》中就有一首诗关注到方言词的命运:"有一个词想念方言的发音/等待能再念它一次/没有人告诉它 生它的母体已经失踪"(《三行集》之四)。

方言的消失是一个典型的当代事件,这一变迁不再是漫长、充满了不确定性的语言漂移,而是一种合理化、标准化的语言工业,方言就像在商业殖民中落败了的货币那样被持有者们抛弃。在《触灯》一诗中,一个特殊的方言词汇如同来访的故人,改变了生活的结构。词的存在是切身的,当许久未听到"chu deng"这个方言词汇的诗人偶然听见了它,"昏蒙的记忆"便"亮了起来",而奇妙之处在于,"触灯"指的就是火柴,"点亮"正是它的天职,由此,"触灯"就成为了方言之中的方言,它的点亮意味着方言的点亮。值得注意的是,"触灯"原本只存在声音的形式，是诗人第一次给了它文字的形式：

> 看着这两个字，动词和名词组成的一个词
> 这才仿佛看见，方言声音里面的生活
> 动作及其趋向、物品、细节和情境
> ……
> 写出这两个字，正如同擦着了一根火柴

给声音以文字的过程，就是给灵魂以肉体，肉身的出现使得语言成为了实在，倾听才不是对某一瞬间声响的捕捉，而是对实在之词长久的追问，"生活"、"动作及其趋向、物品、细节和情境"才得以从"方言声音"里以"看见"的形式得到聆听。写出——成为实在，才履行了"擦着"的天职，在"一群群方言词已经消失"或"正在死去"的黑暗区域，那"现代的光亮所造成的黑暗区域"，仍有"一根细小的触灯"残存着，在点亮，在固执地为一种生活作证。

三

语言、文字在张新颖的生活和诗歌中的重要性似乎已经不言而喻了,诗歌所呈现的几乎就是"在词语中间"生活的状态。可是果真如此吗?问题恐怕还不是那么简单。

在《清单》一诗里,张新颖用一组重复的句式("我不喜欢的:……"和"我喜欢的:……")直截了当地列出爱与憎的清单,其中我们看到"不喜欢"的条目里赫然写着"词语的统治",这显然是警惕着词语可能带来的某种危险。这种危险是什么?在另一首诗《词语》中我们看到这样的警示:

你以为大海只是一个词

这首诗预设了一位对话者,因为缺少像"我"那样丰富的关于海的经验,而认为"大海"是"应该排斥的大词"。这就意味着"大海"——尽管是一个无比古老的词，按此前的逻辑它无疑是凭自身即可以成立的——它的实在性仍然可疑，根源在于作为古老语言的大海是一般的、普遍的大海，而只有将特殊的、"我"的生命中唯一的大海融入其中，大海才在主客体之间得到统一，大海才真正成为一种脱身于精神与现实之中的"真实"，才不"只是一个词"，而是存在。从这个意义上讲，只要写作仍是一种综合的倾听，里尔克所代表的写作向度几乎就是难以躲避的——那个在后期走向"存在诗学"的里尔克，必然要包含前边那个秉持着"经验诗学"的里尔克，也就是说，"歌是真实"[1]必然要包含"诗是经验"[2]。

或许可以把这种起源于经验匮乏的危险称为"空心"的危险，语言的习得最初总是从特殊向一般跃升的智识过程，可获得了一般性的语言却天然

---

1 里尔克：《献给奥尔甫斯的十四行诗·I·3》，张曙光译，《里尔克诗选》，臧棣编选，北京：中国文学出版社，1996年，第201页。
2 里尔克：《马尔特·劳利得·布里格随笔》，冯至译，《外国现代派作品选·A卷》，袁可嘉等编，北京：北京燕山出版社，2006年，第30页。

有在一般性、抽象性内部自我增殖的惯性,从译文到教科书,从小科员的话术到我们时代糟糕的文学,我们正经历的"词语的统治"还少吗？处在这样一个"散文的世界"(黑格尔)之中,对言之凿凿的语言总是怀有疑问的写作便成为了一种救赎,不仅是对自我的,也是对语言、对词的拯救:

> 山岗上的学校叫英里
> 十五岁离开之后才慢慢对这个名字好奇
> 然后 就是时间拖动出越来越远的距离
> (《三行集》之六十四)

这首简短的小诗看起来很容易理解,但实在另有乾坤。前两句发现的不仅是"词的空心",还是词的错位和独立,这是"词语的统治"问题的另一面,身处在这种独立语言之中的人看不出任何不妥,只有"离开"才能从其中发现裂隙;第三句所说的也不仅是经验回到了词之中,还象征着用现实对独立之词进行纠正，使之重新回到圆融的词物关系之中。也就是说，"词语的统治"不仅是一个个体写作者的经验—语言问题，还涉及到新诗乃至世界诗歌的物—词关系问题。张枣在其著名的诗学论文《朝向语言风景的危险旅行》中将当代汉语新诗的危机归结为汉语语言伦理与世界诗歌现代性之间不可调和的矛盾，在张枣看来，"在对词与物之关系作为艺术创造的根本起点的思考上，中西诗歌传统有着不可调和的对立，从而也产生了精神实质迥然相异的语言实在"，他认为"西方意识"是一种"对语言本体的沉浸"，是"语言获得自律化"，是"将语言当做终极现实"，是相信"词就是物"的"纯写者姿态"；"汉语性"则恰恰相反，它认为"词不是物，诗歌必须改变自己和生活。这也是对放弃自律和绝对暗喻的教促，使诗的能指回到一个公约的系统中"；而以"元诗"作为一种典型写作现象的当代汉语新诗，从朦胧诗到后朦胧诗，也正是一场"朝向语言风景的旅行"，这一过程固然可以"完成汉语诗歌自律、虚构和现代性的追求",却在根本上相异于汉语中汉语诗歌传统所遗留下的基因。[1] 张枣所说的"词就是物",更准确地说包含了两个方面的意思,其一是指诗歌中词抛弃了物并取而代之、成为现实的现象,其二是指诗所为只有自身,与现实生活无涉。词取代了物,诗取代了生活,这是更加深刻的"词语的统治"。

不过,严格来说,张枣所说的词取代物的"西方意识"应该说是"现代西方意识",按照福柯在《词与物》中的梳理,词语的自律、与世界相脱离是十七、十八世纪才开始发生的现象,西方文化中词与物之间关系建立的原则直到十六世纪仍是相似性,"它(语言)被置于世界上并成为世界的一部分,既是因为物本身像语言一样隐藏和宣明了自己的谜,又是因为词把自己提供给人,恰如物被人辨认一样……它(对语言的阅读)迫使语言存在于世上,

---

[1] 张枣:《朝向语言风景的危险旅行》,《上海文学》,2001年第1期。

存在于植物、草木、石头和动物中间"[1]。且不论柏拉图曾在书信中明确表达过他对语言的不信任[2]，《理想国》著名的"放逐诗人"更开启了同样具有功利性的、却在风格上有别于儒家"温柔敦厚"的另一种诗教传统。《圣经》难道不是最为宏大的诗教吗？张枣所指认的危机、张新颖所说的"词语的统治"，事实上并非汉语新诗所特有。从古典世界获得启发，让"纯诗"重新伸出介入生活现实的触角，或许是克服现代性危机的希望所在。

此外，"词语的统治"所带来的问题还存在第三个面相，不仅是词的空心和词的独立，还有词的异化——去灵魂化。只有在"词、物、人"三者共在的生存语境之中，在视词如友人的诗歌中，才能看到我们的语言正在经受怎样的痛苦：

1　福柯：《词与物》，莫伟民译，上海：上海三联书店，2001年，第47-48页。
2　柏拉图：《书信·第7封》，《柏拉图全集（第四卷）》，王晓朝译，人民出版社，2003年，第98页。信中说："没有一个有理智的人会如此大胆地把他用理性思考的这些东西置于语言之中。"

语言拥堵在学术高架路上
都习惯了 假装在往前挪动
并且真的学会了一边排放一边嗅闻尾气
(《三行集》之七十三)

语言的纠纷代代相继 被征用的字和词
从内部伤残 他们无法是他们自己
他们抽空喘息 在被驱赶进下一场战争之前
(《三行集》之一三八)

相对的，异化了词的人，也在被词所异化，词语的统治直到连同生活一并牺牲在前线为止：

我看见一个年轻人把自己切成一块一块
填进一个一个小框子 填满一份表格
以后他将熟练将不再流血将把人生直接长成表格
(《三行集》之七十六)

至此，词语携带着其固有的危机已落实为张新颖诗歌中的一个重要维度。危机是这样的：在当代，词语架空了经验，试图将一切包容在其内部，词的异化也造成了生活的异化。正是这一危机使本文前两部分所分析的"倾听"成为了必要。不过，这样的危机显然无法依靠语言内部的方案解决，只是倾听字词还远远不够。古语早有启示："兼听则明"，为了找回生活，还必须去倾听"词与物"中的"物"。

四

什么是物？西渡曾在一篇文章中注意到了意象与物之间的鸿沟："'意象'不是形象，而是形象的概念，与'意象'相联系的不是具体的物，而是对于物的观念（意义）。所以，'意象'不是一种具体的写法，而是一种间接的写法……唐以后……'意'完全把'物'遮蔽了"[1]。在此，或许可以这么定义：

---

[1] 西渡：《2009诗学札记》，转引自张光昕：《汉语新诗物性的起源》，中央民族大学2013年博士学位论文，第27页。

意象是公共的、可重复使用的,而物是私人的、一次性的。

为什么是物?从本源上来说,文学本身具有认识论的维度,它涉及到人对整体世界的认识和理解;而中国新诗作为一种文学形式,在当代已经基本表现为一种现象学[1]——它更强调摆脱既有的成见,强调如何在独特的自我中认识事物本身;历史地看,物也是中国古典诗歌最慷慨的馈赠,它包含着《诗经》《楚辞》对草木鸟兽的喜爱,包含着"格物致知"的思想传统,这份礼物辗转于庞德、艾略特,最后才又回到年轻的新诗手中。在有关意象的批评话语中,人们总是说"对意象的运用 / 使用",这样的句法暗示了在写作之前意象已然存在或形成,写作被暗示为从既有的诸多意象中拿取、组合,诗人与读者遵循着一套早已固定的意象—象征体系。意象即意中之象,意象早已经历过因而不再需要重新经

---

[1] 参阅杨经建:《"第三代诗":现象学意义下的抒写》,《扬子江评论》,2015年第6期。

历从物进入精神的过程，它本身已是精神性的，是一般的、抽象的。因此，在风云突变的二十世纪初，物在诗歌中的重现成为了一种必然——既有的意象—象征体系开始失效了，出现了大量从未进入过精神中的物，同时既成的意象也因此需要进行结构性的调整，这就是为什么现代乃至当代的汉语新诗表现为一种直面物而不再是意象的精神活动，在物不息的更新进程中，精神必须经历对陌生的物的艰难把握。

本文无意对张新颖诗歌中的物做一次事无巨细的分析，但这里我想指出的是一个非常有趣的、也意义非凡的现象。诗歌中到处是这样的物体："小果子"（《乌鸫》）；"小广场"、"小虫子"、"小树林"（《小树林》）；"小狗"（《推迟》）；"小蛇"、"小星"（《井》）；"小枝"（《树枝》）；"细小的触灯"（《触灯》）；"小小的橘子"、"小桌子"（《从马赛到巴黎列车上的一只橘子》）；"殷红的小珠"（《书页》）；加上没有明确写"小"，但可以想见其"小"的物体，各色花朵，酒杯、鹅毛笔这样的器具，螃蟹、蟋蟀、青蛙这样的小动物，"小"绝对称得上是张新颖诗歌中物最重要的形态特征。更有意思的是，在《附集：二十五首诗和无名的纪念》（其中大部分写于一九八八年到一九九八年，而前边所提到的那些诗则多写于二〇一一年到二〇一七年）中，物体还没有成为那么小的形态，相反，那时的张新颖写道："一个像人一般大小的蜘蛛"（《喜悦》）。为什么在日渐成熟的诗歌中物体开始变"小"了呢？

这还得从张新颖诗歌中物的性质谈起。以《从马赛到巴黎列车上的一只橘子》为例，这只"小小的橘子"究竟是何种物体？

这首诗开始于一个"不间断地一闪而逝"的空间——行进之中的列车车窗前，旅途—拍照—风景，一个十足的当代现场。诗歌第一节蒙太奇般的风景切换，"更丰富的景象无尽地迎面而来"，构成了波德莱尔著名的现代性规定，即他那广为流传的说法的前半句："现代性就是过度、短暂、偶然"，而诗歌的第二节又精确地落在了波德莱尔的后半句上："……就是艺术的一半,另一半是永恒和不变"[1],在"阔大连绵的背景"中,诗人将那只"小小的橘子""当作变幻涌现的风景的中心",小橘子成为了万变之中那不变的、自持的东西。第三节将橘子放在了更广阔的背景中,而小橘子仍不为所动,"车窗的反光把小桌子搬到了天空／橘黄色的橘子安然地在天上"。第四节写夜晚来临时,"外面一片黑暗",此前小橘子周围的一切背景被取消了,它终于"独自存在":

  这时才完整显现它自己
   它自己的圆满　内部充实　色泽温暖

  读者于是明白了为什么这只小橘子如此泰然自若。不如说这是一只"得其自"的橘子,因为自身

---

[1] 波德莱尔:《现代生活的画家》,《波德莱尔美学论文选》,郭宏安译,北京:人民文学出版社,1987年,第485页。

的圆满、充实、温暖，它不仅将自身置入了"伟大的风暴"（里尔克）之中，还驯服了瞬息万变的气象，云朵和风都成为"簇拥着"它的"丝丝线条"。到第五节，已是"几年以后"，这只橘子已从桌上进入了"我的记忆"，并从"记忆的树枝上""完全成熟/自己落了下来"。

一般而言，橘子首先是一种自然物，是水果，生长在树上，树生长在大地上，地球虚悬在宇宙中；而在现代世界橘子发生了变化，它不但成为现代商品的一种，同时又是一种颇为特殊的商品——存在一种"橘子的诗学"，在我们的生活和文学史中，它总是出现在车站、列车上，它是一种和分别、奔波、闲谈与泪相关联的商品。综合了资本、不确定性、生活这场苦行之中微不足道的酸甜，发生在橘子身上的变化证实着人类的进退。作为自然物的橘子的存在取决于它的被"剥开"，没有剥开的橘子、没有进入到消化系统中的橘子并不是真正的橘子；作为商品的橘子则相反，其存在的意义无关于最终是否被食用，而在于是否经历了交换，一旦交换完成，橘子就成为了橘子，也从此不再是橘子。

而在这首诗中，橘子既不是自然物，也不是商品，它自始至终未被剥开，也未被联系于交换。橘子的诗学被超越了。它自始至终就"在"那儿，在世界的不同情况之中展现着自己，世界也因为这只橘子的存在而显得非同寻常。从这个意义上说，《从马赛到巴黎列车上的一只橘子》的前半部分同构于华莱士·史蒂文斯的名诗《坛子轶事》"Anecdote of the Jar"。据罗伊·皮尔斯考证说，史蒂文斯的"Jar"其实并非汉语所熟悉的那种"坛子"，而是一只废弃的小玻璃罐[1]，这样它就更像是我们的这只橘子了，这只小玻璃罐"是圆的，置在山巅。／它使凌乱的荒野／围着山峰排列……君临着四面八方／不像田纳西别的事物"。不过，后半部分的存在使得《橘子》这首诗的结构完全越出了《坛子》的范围。

---

[1] 转引自陈东飚：《史蒂文斯＜坛子轶事＞的轶事》，微信公众号"博尔赫斯"，2018年9月5日。

如何理解《橘子》一诗的四、五两节？橘子展示着自身，但其实又不只是自身。它的"圆满"、"充实"、"温暖"来自何处？毫无疑问，橘子背后还有着那赐予了这一切的更高的存在，橘子的完美，只是那更高存在的完美之投影。另一方面，那个在诗的开头着迷于变幻莫测的风景的诗人主体，经历了对橘子的观察、倾听和体会，最终也获得了这种完美——成熟、落下。因此，这只"小小的橘子"就其作为物的性质而言，是一件"礼物"。

张新颖诗歌中物的形态之所以总是"小"的，原因也在于此。这些小物件不仅像是普鲁斯特《追忆似水年华》中的"马德兰小点心"那样，"成为记忆、时间、生命意味的负荷者"[1]，还是世界赠予主体的可亲的礼物，小巧玲珑，倏然落于掌中。在欣然领受中，主体不断获得它同作为存在之世界的相似性；通过对礼物的领受，主体也荣耀了这个世界，因为

---

[1] 孟悦:《什么是"物"及其文化？》,《物质文化读本》，孟悦等主编，北京：北京大学出版社，2008年，前言第2页。

"国王们寻找机会显示他们的慷慨"(萨哈冈)[1]。

五

对礼物的领受,消解了"词语的统治"。在对物的体认中,物自身天然真实的结构、物坚实的事理性,使诗避免了零碎、缭乱和空虚,处处浑然一体,像《触灯》中那根"点亮"了记忆的火柴,《从马赛到巴黎列车上的一只橘子》中那颗"圆满"的橘子,像诗集开篇的《乌鸫》中那只"包含了很多种鸟的鸟":

> 我初以为是一群鸟呼引唱答
> 直到去年　发现它喜欢模仿其他鸟鸣
> 今年我知道　天微明的时候　就是这只
> 包含了很多种鸟的鸟　把我吵醒

---

[1] 转引自巴塔耶:《竞争性炫财冬宴中的礼物》,《物质文化读本》,孟悦等主编,北京:北京大学出版社,2008年,第2页。

通过对鸟鸣声音的细心分辨，一只包含了很多种鸟的鸟成为了事实，而诗的表达又打开了这一事实，开启了有限之物之中的无限。与此相通，在《小树林》一诗中，在那个"柔和得有点模糊"的夜晚，那片"四周随时有人进出"的小树林处在一个变动不居、无法被准确把握的状态，也因其不可把握，小树林才能够包含背后更多无名的事物。领受作为礼物的小树林，就是领受那"所有未被语言封闭的事物"。物世界的开放也促使主体敞开，单一的物成为了复数的物，单一的"我"也成为了复数的"我"：

> 你们——这个孩子和这个少年
> 我眼睛后面的眼睛
> 我心脏里面的心脏
> 我脉搏跳动中的跳动
> 我身体内核中央的身体
> （《嘿，你们》）

作为一个倾听者和领受者，诗人的生活充满了等待被拆封的奥秘。《空白》一诗中，就连一张空白的纸也并非真的"空白"，它是"满"的。在《书页》一诗中，当"一本新书的页边／划破了手指"，那渗出的血也是"为了让你懂得／纸的锋利"，"纸刃"、"纸锋"这样的词如今全都豁然开朗：

　　　　书页是柔软的
　　　　遭遇这样的书
　　　　一个猝然降临的机缘
　　　　你承接得住

　　必须指出，这段诗中的"承接"，不仅是承接这个"机缘"，也承接了一种相当醇正的诗歌传统：

　　　　在门口，那些用旧了的镰刀，
　　　　锄头，牛轭，石磨，大车，
　　　　静静地，正承接着雪花的飘落。

(穆旦:《在寒冷的腊月的夜里》)

我们准备着深深地领受
那些意想不到的奇迹
……
我们整个的生命在承受
狂风乍起,彗星的出现。

(冯至:《十四行集·一》)

你们的根里,不是说风的催打
雨的痕迹,却因为它从创造者的
手里承受了更多的"生",这严肃的负担。

(郑敏:《荷花》)

我像一个领取圣餐的孩子
放大了胆子,但屏住呼吸

(西川:《在哈尔盖仰望星空》)

简单的勾勒中，我们可以窥见汉语新诗中这一"领受"的诗学。领受不只是抽象的、精神性的，更是物质性的。从生命的意义上来说，今天每个说汉语的人都在默默承接着穆旦诗中所说的雪花，它同质于张新颖诗歌中的小物件，都是来自世界之心灵的礼物，这些礼物躲藏在日常生活空间中的每一个角落，等待着被发现。必须从领受的层面去看待它们，去理解写作的坦然和欣喜。在一点一滴的领受之中，日常的发现、物与词的倾听——这些微不足道的小礼物最终将构成一种沉稳的力量，以矫正喧哗、堕落的现代世界：

> 小苜蓿小如谷粒的黄色花
> 与灾难已然降临的庞大时代
> 平衡
> （《三行集》之三十二）

领受的诗学关乎如何理解世界、如何看待世界与自我之间的关系,这是一代代人无休无止的追问。而在万物高速运行的当代,保持这一追问,无疑是保持着一个古典主义者的姿态,一个有力的矫正者的姿态。在张新颖手中,从听词到听物,从倾听到领受,诗人在主体与客体、精神与现实、个我与世界之间建立起了一个有效的交流机制,这种关系中,事物不再是单一、明确的,而是复数、神秘的,生活回来了,并带回了更多,世界成为了"丰饶的"世界,而不只是"奇异的",像希尼在"测听奥登"时所说的那样。

二〇一九年五月

(原载《当代文坛》二〇一九年第五期)

图书在版编目（CIP）数据

三行集/ 张新颖著. -- 上海：上海文艺出版社，2020(2021.5重印)
（艺文志. 诗）
ISBN 978-7-5321-7308-2
Ⅰ.①三… Ⅱ.①张… Ⅲ.①诗集－中国－当代 Ⅳ.①I227
中国版本图书馆CIP数据核字(2020)第097204号

本书由上海文化发展基金会资助出版

发 行 人：	毕　胜
责任编辑：	肖海鸥　邱宇同
书籍设计：	halo-pages.com

书　　名：	三行集
作　　者：	张新颖
出　　版：	上海世纪出版集团　　上海文艺出版社
地　　址：	上海市绍兴路7号　200020
发　　行：	上海文艺出版社发行中心发行
	上海市绍兴路50号　200020　www.ewen.co
印　　刷：	上海盛通时代印刷有限公司
开　　本：	889×630　1/32
印　　张：	7.125
插　　页：	4
字　　数：	91,000
印　　次：	2021年1月第1版　2021年5月第2次印刷
ＩＳＢＮ：	978-7-5321-7308-2/I.5913
定　　价：	39.00元
告 读 者：	如发现本书有质量问题请与印刷厂质量科联系　T:021-37910000